UNICÓRNIOS
para ler e colorir

MAGIC

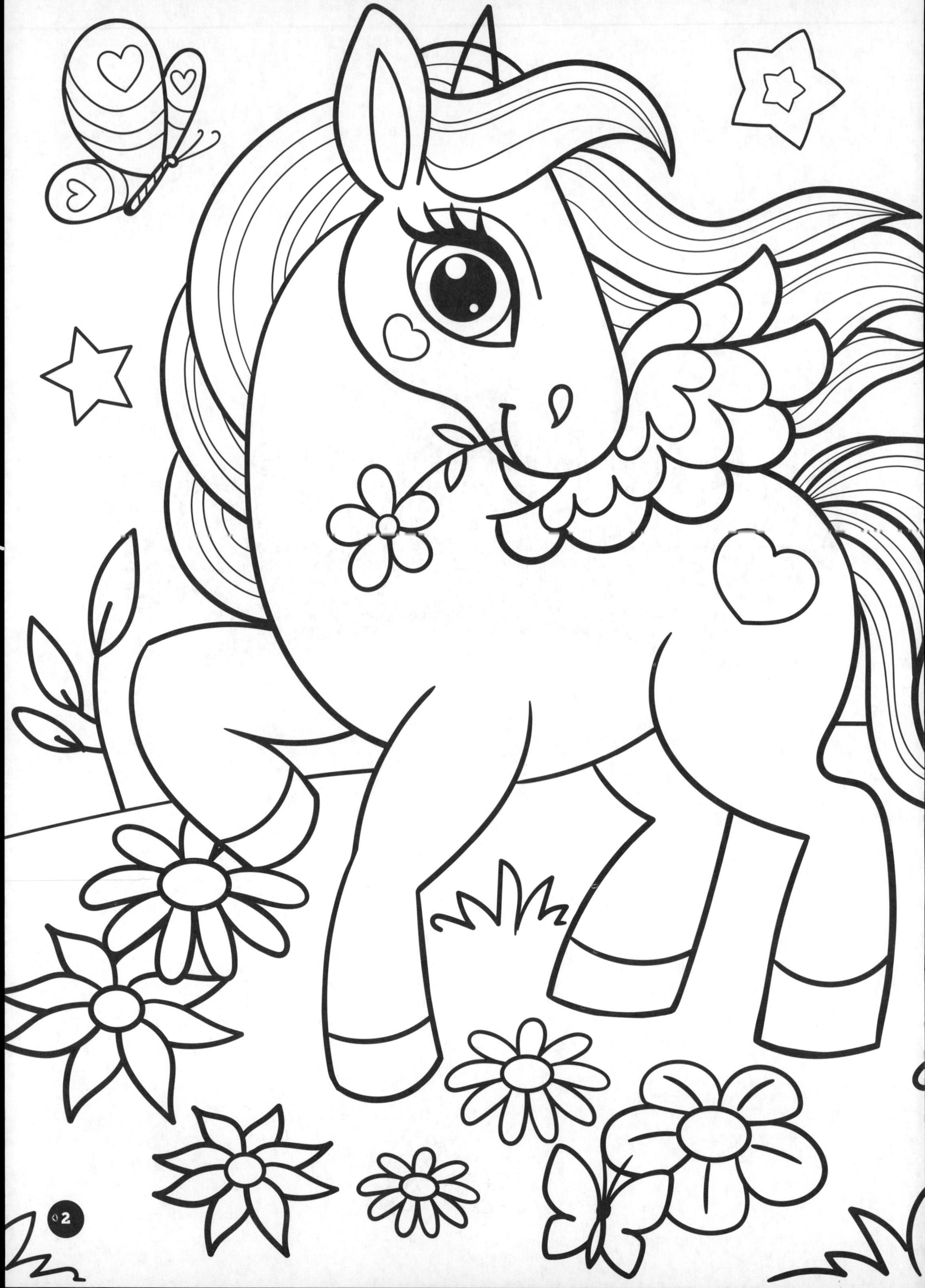

EU SOU UM UNICÓRNIO MÁGICO. GOSTO MUITO DA NATUREZA E DE ESTAR COM MEUS AMIGOS.

OUVIR O SOM DOS ANIMAIS E DO VENTO ME FAZ SENTIR **FORTE E FELIZ.**

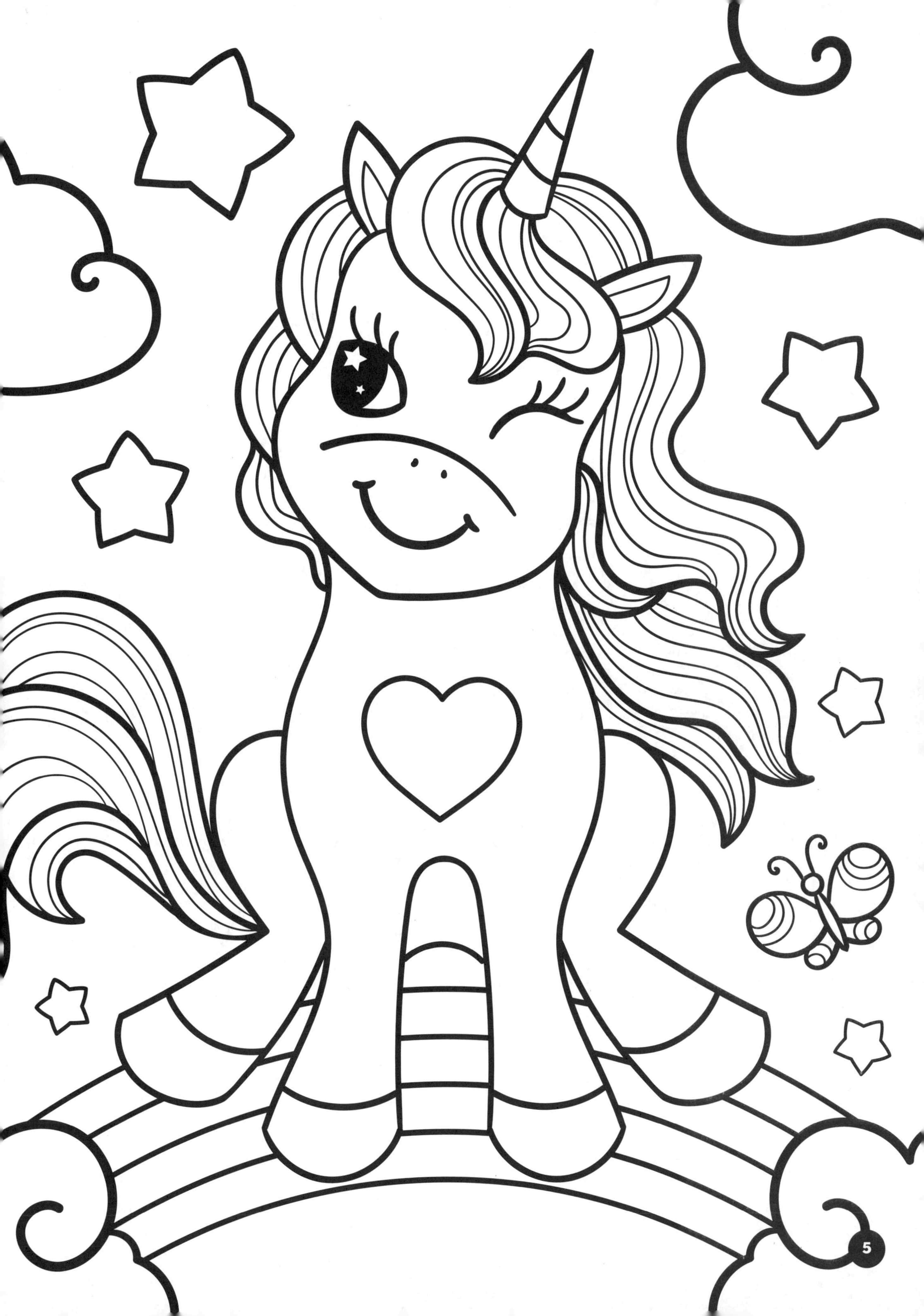

6

GOSTO DE **GALOPAR** E **OBSERVAR** OS ANIMAIS AO REDOR.

DURANTE A NOITE, PROCURO DESCANSAR E OBSERVO O CÉU ESTRELADO.